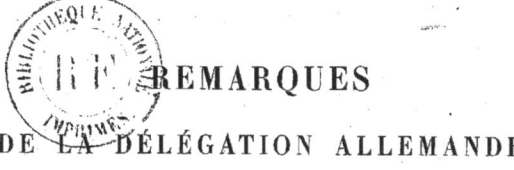

REMARQUES

DE LA DÉLÉGATION ALLEMANDE

SUR

LES CONDITIONS DE PAIX

ANNEXES

TABLE DES ANNEXES.

ANNEXE I.

QUESTIONS JURIDIQUES PARTICULIÈRES.

TABLE DES MATIÈRES.

A.

REPRISE DES RELATIONS DIPLOMATIQUES

ET CONSULAIRES.

La Délégation allemande pense qu'une conséquence naturelle de la conclusion de la Paix est que les relations officielles seront reprises entre les deux Parties dès que le Traité de paix entrera en vigueur. Cette façon de voir est également exprimée dans le préambule du projet. A ce sujet, on doit pourtant faire les remarques suivantes :

1° Ce préambule parle de la reprise des relations officielles des Puissances alliées et associées aussi bien avec l'Allemagne qu'avec l'un ou l'autre des États allemands. La question de savoir si et jusqu'à quel point les États allemands particuliers auront le droit d'avoir une représentation à l'étranger sera solutionnée dans la nouvelle constitution allemande que discute actuellement l'Assemblée nationale constituante. La Délégation allemande pose en principe que le Traité de paix ne doit pas prendre de décision à ce sujet avant cette Assemblée.

2° Dans l'article 279, on revendique pour les Puissances alliées et associées le droit de placer, à leur gré, des Représentants consulaires dans toutes les localités de l'Allemagne, sans consulter le Gouvernement allemand. Cette prétention constitue une innovation d'une haute portée comparativement aux règles observées jusqu'à présent dans les relations entre les peuples. Elle n'est, en tout cas, pas justifiée, tant que les Puissances alliées et associées ne la font valoir unilatéralement à leur seul profit. Le Gouvernement allemand pourrait donner son assentiment à cette innovation, si elle était appliquée également aux deux Parties.

B.

TRAITEMENT DES DROITS PRIVÉS.

(10ᵉ PARTIE, PARAGRAPHES III à VII.)

Les paragraphes III à VII de la 10ᵉ partie traitent des droits privés des ressortissants des États des deux parties. Ces droits privés ont été lésés d'abord par la longue durée de la guerre, mais encore plus par les lois d'exception édictées par les Gouvernements des États belligérants. Le Traité de paix doit se donner pour tâche de réparer, autant que possible, les suites de ces atteintes aux droits privés et de rétablir sur leur base juridique normale les rapports juridiques entre particuliers dépendant d'États différents. Pour arriver à une solution, il y a, vu la diversité des lois d'exception édictées par les différents États belligérants, des moyens différents. Mais, quel que soit le moyen choisi, l'idée directrice dans le domaine du droit privé doit être d'abord et exclusivement que le règlement doit se faire d'après le principe de la réciprocité. L'Allemagne est d'autant plus justifiée à demander ici l'application de la réciprocité que ce n'est pas le Gouvernement allemand qui a voulu et provoqué, en son temps, le transfert de la guerre dans le domaine du droit privé.

Le règlement des questions de droit privé proposé par les Gouvernements alliés et associés dans les paragraphes III à VII ne satisfait pas, sur des points essentiels, aux exigences de la réciprocité. De nombreuses dispositions montrent au contraire que, même dans ce domaine, on a obéi, dans bien des cas, non pas à l'idée de droit, mais à l'idée de force.

§ III. — DETTES.

(ARTICLE 296.)

I. GÉNÉRALITÉS.

La proposition de recourir à un mode d'arbitrage ne rencontre pas d'objection de principe du côté allemand. L'application d'un pareil procédé a d'ailleurs été souvent suggérée pendant la guerre par les milieux allemands intéressés. Mais les propositions faites à ce moment-là se distinguent des propositions actuelles en ce sens qu'elles ne visaient pas à désavantager l'adversaire et qu'elles accordaient un traitement absolument égal aux deux parties traitantes. Aujourd'hui encore, un mode d'arbitrage n'est justifié que s'il est basé sur la réciprocité et la reconnaissance de droits égaux aux deux parties.

En outre, ce mode de règlement ne doit rien changer au fait que les particuliers restent, en principe, porteurs des dettes et des créances. Par conséquent il y a lieu d'accorder aux parties la liberté de communiquer entre elles et le droit de prendre toute décision pour faire valoir, pour remettre, changer ou ajourner les créances soumises à ce mode d'arbitrage, autant que la chose est compatible avec un règlement de cette nature. La justification de ce procédé se trouve dans le désir de réduire les difficultés que le créancier rencontrerait après la conclusion de la paix, pour faire valoir, en tant que particulier sa créance. Elle se trouve ensuite dans le désir de contribuer à rétablir avec toute la rapidité possible les droits des particuliers que la guerre avait suspendus et de leur rendre leur valeur antérieure.

On obtiendrait tout le contraire en instaurant un procédé qui empêcherait toute communication entre le créancier et le débiteur et qui détruirait, par l'intervention d'organisations officielles, les relations qui existaient avant la guerre. Par là, on entraverait non seulement la vie économique d'un seul État, mais celle du monde entier, et on élèverait entre les peuples une barrière économique dont l'établissement est incompatible avec les bases juridiques de la paix.

Il faut bien établir que les propositions adverses, par les dispositions ci-dessous, n'ont pas tenu compte de ces deux idées directrices, savoir : la réciprocité pleine et entière et le maintien du droit de libre disposition des parties.

1° Par la disposition stipulant que chacun des États alliés et associés, mais pas l'Allemagne, aura le droit de décider si l'arbitrage doit ou non être appliqué (art. 296 e).

2° Par la disposition fixant que les conversions et les payements devront toujours avoir lieu dans la monnaie de la puissance adverse intéressée (art. 296 d).

3° Par la disposition fixant que l'Allemagne devra payer comptant tout solde débiteur restant à son passif, mais qu'au contraire tout compte créditeur de l'Allemagne pourra être réservé pour servir au payement des sommes demandées comme indemnité ($ 11 de l'annexe à l'article 296).

4° Par l'interdiction de communications directes entre les parties contractantes, et l'interdiction de faire valoir, de leur propre chef, leurs créances (art. 296 a, §§ 3, 5 de l'annexe).

Ce n'est que lorsque ces dispositions auront été supprimées que l'on pourra admettre que le système du procédé d'arbitrage répond aux idées qui doivent servir de base au traité de paix.

II. STIPULATIONS PARTICULIÈRES.

En outre, les différentes stipulations du paragraphe donnent encore lieu aux remarques suivantes :

1° Dans l'article 296, chapitre 1, §§ 3 et 4, on fait la réserve suivante : « Si le payement..... aux ressortissants de cette Puissance ou aux neutres n'a pas été suspendu pendant la guerre ». Le but de cette réserve n'est pas évident et on ne voit pas, en particulier, à quels États elle se rapporte;

2° Les demandes provenant de liquidations et énumérées à l'article 296, alinéa 2, seront discutées dans les remarques se rapportant au chapitre IV;

3° ARTICLE 296, alinéa 3 a. — L'interdiction de payement prévue ici est justifiée en soi. On compromettrait la valeur de l'office de compensation et de ses fonctions d'intermédiaire pour le règlement de comptes total entre les parties contractantes, si des payements directs pouvaient avoir lieu sans que l'office de compensation en soit avisé et ait donné son autorisation. Au contraire, il faut lever l'interdiction de communication entre les parties contractantes, telle qu'elle a été prévue ici. L'organisation d'une pareille communication par l'intermédiaire du bureau de compensation empêcherait un règlement de comptes dont les résultats pourraient satisfaire les deux parties sans leur faire violence. Au contraire, il faudrait s'efforcer à ce que les parties contractantes s'accordent à la suite d'un libre échange de vues, parce que ce serait pour elles le seul moyen de reprendre leurs relations d'affaires ;

4° ARTICLE 296, alinéa 36. — La garantie de l'État prévue ici pour les dettes de ses ressortissants a été suggérée plusieurs fois pendant la guerre, en Allemagne aussi, par des milieux intéressés. Elle a été chaque fois combattue dans d'autres milieux et écartée par les Gouvernements quoique, d'après la situation stratégique d'alors, elle eût pu être considérée comme favorable à l'Allemagne. En réalité, des objections sérieuses s'opposent à une garantie d'exécution par l'État. Les ressortissants de l'État créancier, dont les créances sont menacées, seraient particulièrement favorisés par la garantie de l'État débiteur vis-à-vis de tous les autres créanciers, dont les créances sont incertaines, ainsi que vis-à-vis d'autres personnes lésées dans leurs droits par suite de la guerre; ce traitement de faveur est dénué de toute base objective. Pourtant l'accord au sujet d'une garantie d'exécution paraîtrait acceptable, si la réciprocité était pleinement assurée, ainsi qu'on l'a supposé au début. Il serait alors surtout nécessaire que l'effet de la garantie d'exécution en faveur de créanciers allemands ne soit pas supprimé dans le cas où l'un des États ennemis ferait usage de son droit de ne pas recourir au procédé d'arbitrage. Il serait en outre nécessaire que la caution ne soit pas rendue illusoire, pour les créanciers allemands, par suite du droit de retenue sur le solde, créditeur des comptes allemands.

Les exceptions prévues à la garantie d'exécution par B, alinéa 1, sont reconnues en principe comme justifiées. Mais pour pouvoir entièrement prévoir les conséquences de cette stipulation, on demande qu'on établisse clairement le sens des termes juridiques « faillite, déconfiture, état d'insolvabilité déclarée » (bankruptcy, failure, formal indication of insolvency). En revanche, on ne fait pas d'objection à ce qu'une exception soit aussi faite pour les débiteurs dans les territoires anciennement occupés, quoique la Délégation allemande ait conscience que la caution d'exécution en perdrait sensiblement de sa valeur pour l'Allemagne.

5° ARTICLE 296, alinéa 3 d. — Cette stipulation, d'après laquelle les créances doivent être payées dans l'espèce monétaire de la puissance ennemie intéressée et ainsi créditées, est inacceptable, parce qu'elle signifie une modification arbitraire du contenu des conditions de créance. Il faut que la créance reste dans sa situation juridique première, que ce soit en faveur ou au détriment du créancier. Le texte français de la stipulation définit avec raison comme « conversion » le fait d'exiger le payement dans une autre espèce monétaire. Une pareille conversion de la créance non prévue par les parties représente en tout cas une rupture des conventions de droit privé. En outre, le règlement prévu aurait comme conséquence que la demande de change en argent des gouvernements alliés et associés croîtrait d'une façon extraordinaire.

Cela entraînerait nécessairement une nouvelle dépréciation de l'argent allemand. Il en résulterait aussi que, même si l'argent est estimé au cours d'avant-guerre, il faudrait, pour le payement, créer des changes dans les valeurs étrangères, qu'on n'obtiendrait que par une somme multipliée du cours de conversion.

Il faut donc exiger que le paiement des dettes monétaires se fasse sur la base du taux original. Et il n'y a pas d'injustice, car chaque créancier qui se fait promettre le payement en valeur étrangère, court le risque que cette valeur se déprécie par rapport à celle de son pays. On peut, à ce sujet, mentionner que dans les conditions additionnelles du traité de Brest-Litovsk (27 août 1918) aucune mesure ne fut prévue, malgré la situation défavorable du cours du rouble, pour protéger les créanciers allemands contre les pertes au change. Cela eût été, en effet, en opposition flagrante avec le principe du maintien du rapport juridique original.

6° ARTICLE 296, § 3 *d*, sous-chapitre 4. — En ce qui concerne les payements à des créanciers des États nouvellement fondés, la fixation du cours de conversion par la Commission des réparations ne paraît pas justifiée. Si la créance est exprimée dans l'unité monétaire de l'ancien État, sur le territoire duquel le nouvel État s'est fondé, il serait opportun de prendre comme base la décision prise par le nouvel État à propos du rapport entre le cours actuel et le cours originel ; il faudrait admettre, à ce propos, que les intéressés allemands ne devraient pas être en plus mauvaise posture que les autres intéressés, qu'ils soient citoyens de cet État ou étrangers.

Tout nouvel État sera bien obligé, ne serait-ce qu'en raison des dettes existant entre ses ressortissants, de fixer le rapport en question, aussitôt qu'il créera une valeur monétaire nouvelle.

7° ARTICLE 296, § 3 *e*. — D'après cette stipulation, les Puissances alliées et associées jouiraient d'un délai de six mois durant lequel il leur serait loisible de décider si elles se rallient ou non au procédé d'arbitrage.

Comme il a été déjà dit, cette stipulation écarte la réciprocité qui doit être posée comme principe initial du règlement. Cette stipulation entraînerait ce procédé à ne s'appliquer que dans les cas où le compte sous forme de bilan, de créances et dettes, ferait ressortir un avantage par chacun des États ennemis. En tous les cas, on ne peut apercevoir d'autre intention dans cette stipulation. Et cela prend une double importance si la stipulation du paragraphe 11 du chapitre II de l'annexe est laissée de côté, comme il est absolument indispensable ; alors, sans aucun doute, seuls les États alliés et associés, dont le compte se solderait en crédit, accepteraient ce mode tandis que ceux des États alliés et associés, dont le compte se solderait par un passif, refuseraient d'y adhérer.

8° ARTICLE 296, alinéa 3 *f*. — Cette disposition ne paraît pas très claire à la Délégation allemande. Elle demande une explication plus détaillée, particulièrement en ce qui concerne les cas d'application pratique.

II. DISPOSITIONS PARTICULIÈRES POUR L'ALSACE-LORRAINE.

D'après l'article 72 du projet, le compromis doit trouver son application également dans les rapports entre les Alsaciens-Lorrains et les autres Allemands. A ce sujet, la date admise pour le commencement de la guerre, d'après l'article 296, alinéa 1, n° 1, sera remplacée par la date du 11 novembre 1918, date de l'armistice. D'après cela, le caractère d'ennemis de l'Allemagne au point de vue de la guerre économique serait conféré aux Alsaciens-Lorrains avec effet rétroactif pour un temps où ils appartenaient indubitablement à l'Allemagne, disposition qui ne repose sur aucune base positive. Elle n'a d'autre but que de faire entrer aussi en ligne de compte les créances privées d'Allemands vis-à-vis de débiteurs allemands dans les pays occupés, pour couvrir les charges imposées à l'Allemagne.

Les observations exposées ci-dessus, concernant la valeur monétaire et le cours du change des réclamations à régler, sont renforcées par le fait que les contrats qui sont ici modifiés arbitrairement, ont été passés entre Allemands en Allemagne, et que dans ces contrats on ne pouvait en aucune façon prévoir un risque étranger. En considération de cela, et même dans le cas d'une séparation de l'Alsace-Lorraine, il faudrait s'en tenir résolument à ce principe que les dettes doivent toujours être payées au cours d'origine.

§ IV. — PROPRIÉTÉ, DROITS ET INTÉRÊTS.

(Articles 297, 298.)

Le point de vue de la Délégation allemande au sujet des propositions contenues dans ce paragraphe a été déjà exposé en détail dans la note du 22 mai 1919. On se reportera à cet exposé. Cependant, nous insisterons ici avec une énergie particulière sur le fait qu'une partie des Gouvernements alliés et associés a, au cours de ces derniers mois, manifesté son intention de profiter dès maintenant, malgré l'absence de toute base légale, des avantages de la réglementation à laquelle tend le projet du Traité de paix. Tandis que l'Allemagne a jugé qu'il était naturellement de son devoir de ne plus ordonner aucune mesure de contrainte contre la propriété privée ennemie à partir de la date de la signature de l'Armistice, et de se borner, dans l'exécution de mesures déjà prises antérieurement, aux actes de conservation nécessaires dans l'intérêt même des propriétaires, plusieurs États adverses ont mis à profit la longue durée de l'armistice pour procéder à des liquidations forcées à l'égard de la propriété privée allemande encore égargnée jusqu'à ce jour, ou bien pour continuer avec plus de sévérité les liquidations.

C'est ce qui s'est produit entre autre en France, en Belgique, en Chine et au Guatémala, d'après les nouvelles qui sont parvenues au Gouvernement allemand. S'il y a lieu de considérer une telle façon de faire comme incompatible avec l'armistice, cela est vrai encore à un plus haut degré des mesures de liquidation, qui ont été prescrites récemment en Alsace-Lorraine par les autorités d'occupation françaises, sans qu'elles aient attendu la décision finale quant au sort de ce pays. Le Gouvernement allemand manquerait à son devoir de protection à l'égard des Allemands atteints par ces mesures, en sanctionnant ce procédé par l'acceptation des conditions de paix qui s'y rapportent, et en le rendant possible aussi pour l'avenir.

Au reste, il faut remarquer, comme complément à la note du 22 mai :

1° Dans l'article 297, *f* et *g*, on réserve encore, à ceux des États de l'Entente qui n'ont prescrit la liquidation générale de la propriété enremie qu'après la conclusion de l'armistice, le privilège particulier d'exiger la *restitutio in integrum*, au lieu du dédommagement, pour le tort qui leur a été causé par les lois d'exception allemandes. Il y a lieu de se demander ce qu'il faut entendre par la « liquidation générale » visée dans ce cas, et quels sont, parmi nos adversaires, ceux des États qui sont envisagés ici. On désirerait encore des éclaircissements sur ce point : « Pour quelle raison et avec quel droit des États, qui ne se sont résolus à la liquidation de biens allemands qu'après l'interruption des hostilités et ont manqué par là à l'esprit et aux intentions de l'armistice, sont appelés à bénéficier d'une faveur spéciale? »

2° D'après l'article 297 *h*, le produit des liquidations réalisé de part et d'autre peut faire l'objet de compensations réglées par le chapitre précédent III. On ne voit pas clairement si et de quelle façon, dans l'esprit des Alliés et de leurs associés, le montant des liquidations réalisé au profit de possédants allemands doit dans ce cas aussi servir de garantie ainsi qu'il est prévu au paragraphe 4 de l'Appendice.

3° La réserve unilatérale qui est contenue dans la phrase finale du premier chapitre *Abschnitt*) de l'appendice et d'après laquelle le maintien des effets juridiques des lois de guerre ne doit pas léser les droits de propriété acquis antérieurement par un des ressortissants des États adverses, a besoin d'explication. On ne voit pas la nature des droits de propriété qui doivent être ainsi préservés.

4° Une mention spéciale est encore due à la clause du paragraphe 5 de l'appendice qui est entièrement arbitraire et que n'accompagne aucune justification, clause d'après laquelle des filiales allemandes doivent, dans des cas déterminés, abandonner sans compensation aux maisons d'origine qui se trouvent dans le pays adverse, les brevets et les méthodes de fabrication qu'elles ont en commun, pour que ces dernières les exploitent exclusivement.

5° Au point de vue juridique l'État populaire ne connaît pas de différence entre les membres. La propriété privée des anciens princes allemands ne peut donc pas être, au point de vue juridique, traitée autrement que celle de tout autre Allemand. L'assimilation à des biens d'État que l'on rencontre à diverses reprises dans le projet (Cf. art. 56, § 3 ; art. 144, § 2 ; art. 153, § 2 ; art. 256, § 2 ; art. 257, § 3) semble donc absolument injustifiée.

6° Le Gouvernement allemand attend que les Gouvernements alliés et associés non seulement laissent les établissements scientifiques et les établissements scolaires qui se trouvent sur leurs territoires en possession des biens fonds qui leur appartiennent ou dont ils ont la jouissance, mais aussi qu'ils leur maintiennent les droits et les privilèges qui leur avaient été accordés en temps de paix pour faciliter leur activité scientifique.

§ V. — CONTRATS, DÉLAIS, JUGEMENTS.

(Articles 299-303.)

I. CONTRATS.

D'après le projet, la question concernant la mesure dans laquelle les contrats entre les ressortissants ou les habitants des États belligérants doivent être maintenus ou résiliés, ne doit pas être réglée de manière identique pour tous les États belligérants. Il contient des clauses spéciales uniquement pour contrats entre « ennemis », c'est-à-dire pour contrats entre ressortissants des États dont un au moins a interdit le commerce avec l'ennemi ou bien l'a considéré comme illégal ; il excepte aussi de ces clauses les contrats conclus entre ressortissants de l'État allemand d'une part et ressortissants des États-Unis de l'Amérique du Nord, du Brésil ou du Japon de l'autre. La Délégation allemande demande à être renseignée avec plus de précision sur les motifs qui ont dicté cette différence de traitement.

D'après l'article 299 a, des contrats entre ennemis doivent en principe être considérés comme résiliés, mais en dehors des contrats exécutés par une des parties et en vertu desquels le versement d'une somme d'argent peut être exigé, un certain nombre d'autres catégories de contrats spécialement énumérés au paragraphe 2 de l'appendice doivent être maintenus. Ce règlement de principe se trouve cependant limité par l'article 299 b et par le début du paragraphe 2 de l'appendice. Toute puissance ennemie participante peut « dans l'intérêt général » exiger l'exécution de contrats, qui, par nature, doivent être résiliés. Les contrats maintenus peuvent être liquidés ; les lois de guerre des États alliés et associés continuent de s'y appliquer et par suite aussi les prescriptions d'après lesquelles des contrats peuvent être résiliés par décret des autorités ou par dénonciation. Le maintien des contrats entre ennemis ne se trouve plus dépendre que du bon plaisir de ces États ou de leurs ressortissants.

Un tel règlement paraît inacceptable. Il perpétuerait l'incertitude juridique créée par les conditions de guerre, et livrerait, en outre, à l'arbitraire pour l'avenir aussi, les intérêts des contractants allemands.

Au reste, la Délégation allemande est aussi d'avis que la solution à donner, à l'avenir, à la question des contrats d'avant-guerre ne saurait être la même pour toutes les sortes de contrats, et que, par suite, ni le principe de la résiliation, ni celui du maintien ne peuvent être appliqués sans exception. D'après la conception allemande du droit, il y a de graves réserves à faire au principe de la résiliation des contrats d'avant-guerre que pose le projet. Mais celles-ci doivent être écartées. En tous cas, il y a lieu de réserver la discussion du point suivant : dans quelle mesure conviendra-t-il de maintenir ou de soumettre à un règlement spécial, par dérogation à ce principe et pour des raisons particulières, certaines catégories de contrats. Cette question ne pourra être éclaircie que par les délibérations approfondies d'une commission mixte de spécialistes.

Nous n'entrerons donc pas plus avant dans les détails en ce qui concerne particulièrement les paragraphes II et III de l'appendice. Remarquons cependant dès maintenant le caractère arbitraire du règlement qui est proposé au paragraphe d de l'article 299 ; d'après ce paragraphe, des contrats entre les habitants d'un territoire à céder et ceux qui étaient leurs ennemis jusqu'à cette date ne pourraient être maintenus que si la partie qui habite le territoire à céder acquiert la nationalité de l'État jusqu'alors ennemi. On ne saurait justifier en droit l'octroi unilatéral de cette faveur aux personnes qui choisissent la nouvelle nationalité. Non moins injustifiée est la clause du paragraphe 12 de l'appendice d'après laquelle les Puissances alliées et associée peuvent résilier les contrats d'assurances sur la vie conclus avec des Sociétés allemandes, et par là, ruiner les relations commerciales extérieures de ces Sociétés au profit de Sociétés non-allemandes. Ont fait l'objet d'un règlement spécial les contrats qui ont été conclus entre habitants d'Alsace-Lorraine d'une part et l'Empire allemand, un État particulier allemand, ou des Allemands hors d'Alsace-Lorraine d'autre part, avant la promulgation du décret français du 30 novembre 1918. Ces contrats seront maintenus en principe, solution qui va de soi quisqu'il ne s'agit pas de contrats entre ennemis. Cependant le paragraphe 2 du règlement élaboré par le Gouvernement français autorise dans la plus large mesure leur résiliation « dans l'intérêt général ». Il y a lieu d'élever une protestation de principe contre le fait qu'une séparation de l'Alsace-Lorraine entraînera de telles ingérences dans les relations juridiques privées.

II. DÉLAIS.

Il n'y a pas à élever d'objection de principe contre les propositions faites dans l'article 300 a et g ainsi que dans l'article 301 au sujet des délais de prescription, de forclusion et de présentation ainsi que sur le maintien des droits réciproques. Cependant, il est besoin d'éclaircir pour quelle raison l'article 300 n'est pas applicable aux relations entre les ressortissants de l'État allemand, d'une part, et les ressortissants des États-Unis de l'Amérique du Nord, du Brésil et du Japon, d'autre part.

En ce qui concerne les dispositions prévues à l'article 300 sous les paragraphes b et d, il, convient d'en éclaircir d'abord le contenu et le fond. On n'aperçoit pas quelles mesures doivent être comprises sous le nom de mesures d'exécution, si, notamment, il faut entendre seulement par là des mesures d'exécution légale et de saisie ou d'autres mesures et, le cas échéant, de quelles mesures il s'agit. Le paragraphe d, d'après son texte, n'est pas limité aux contrats conclus entre ennemis ni aux cas de non-exécution par suite de mesures de guerre ; le règlement ne semble pas non plus compréhensible si l'on se réfère aux dispositions mentionnées au paragraphe C.

III. JUGEMENTS.

D'après l'article 302, certains jugements des tribunaux des États alliés et associés doivent être sans autre formalité applicables en Allemagne ; certains jugements des tribunaux allemands doivent être soumis à un examen du tribunal arbitral mixte. Puisqu'il n'y a aucun doute à l'égard de l'impartialité des tribunaux allemands, le refus de réciprocité dans ces cas ne peut être expliqué que par la tendance des adversaires, reconnaissable à de nombreux autres passages du Traité, de ruiner le prestige des tribunaux allemands ; si l'on accordait la pleine réciprocité, il n'y aurait aucune objection à élever contre l'article 302.

Pour le cas du changement de l'autorité judiciaire en Alsace-Lorraine, l'article 78 stipule une série de clauses au sujet desquelles il convient de faire les remarques suivantes :

La disposition du paragraphe 1, n° 1, sur la reconnaissance réciproque de la validité des jugements semble, en principe, acceptable ; mais seulement le point de départ devrait être le jour du changement des pouvoirs publics et non le 11 novembre 1918. L'exception faite au détriment de la compétence des tribunaux alsaciens-lorrains dans les différends entre les Alsaciens-Lorrains et les autres Allemands (§ 2) est inconciliable avec la dignité des tribunaux allemands. Pour la même raison, la clause du n° 2 doit être repoussée dans sa rédaction actuelle, attendu qu'elle veut faire déguiser sous une déclaration de nullité des verdicts allemands son intention vraisemblable d'amnistier les délits politiques.

En considération de ce que la rétro-activité de la transmission des pouvoirs publics proposée dans le projet ne paraît pas justifiée, la clause du n° 3 du paragraphe 1, phrase 1, sur la déclaration de nullité de certains jugements du tribunal d'Empire devrait être abolie.

§ 6. — TRIBUNAUX ARBITRAUX MIXTES.

(Articles 304-305).

I. La création de tribunaux arbitraux mixtes est commandée par des raisons d'équité et d'opportunité. Elle doit être effectuée en principe de telle façon que l'unité de la jurisprudence soit assurée pour tous les différends relatifs à des conflits de droit privé et que l'effet des sentences arbitrales soit garanti de façon identique dans tous les États contractants.

Le projet formulé des conditions de Paix s'écarte de ces principes sur les points suivants :

1° La compétence des tribunaux nationaux est instituée partiellement à l'exclusion de celle des tribunaux arbitraux mixtes de première instance. Il en est ainsi à l'annexe à l'article 29 § 16, alinéa 2, où à la demande de l'Office de compensation des créanciers, le tribunal du domicile du débiteur remplace le tribunal arbitral mixte ; à l'article 300 b où la réclamation formulée par le ressortissant d'une Puissance alliée ou associée en réparation du dommage subi du fait de mesures d'exécution prises en Allemagne échappe à la juridiction du tribunal arbitral au cas où un tribunal d'une Puissance alliée ou associée est compétent ; dans l'article 304 b où la juridiction des tribunaux nationaux des Puissances alliées, associées et neutres est préférée au tribunal arbitral pour les différends relatifs aux contrats conclus entre ressortissants des Puissances ennemies, tout en réservant la possibilité pour le demandeur ressortissant d'une Puissance alliée ou associée de porter l'affaire devant le Tribunal arbitral, à moins que le Tribunal national ne soit seul compétent ; et enfin à l'article 310 où, en cas de différend portant sur les conditions des licences à accorder, le tribunal arbitral n'est déclaré compétent que si les droits émanant de l'ancienne licence ont été acquis sous la législation allemande.

2° Pour le règlement des effets des sentences arbitrales, l'article 304 *f* emploie une formule différente et qui paraît plus restreinte que celle de l'annexe à l'article 296, paragraphe 24. Ce dernier texte vise expressément, à côté de la force obligatoire, l'exécution des sentences, tandis que le premier texte n'y fait pas allusion.

Afin d'écarter ces inégalités, les dispositions suivantes sont proposées :

1° Le Tribunal arbitral mixte aura une compétence étendue et exclusive. Toutes les réserves au bénéfice d'autres juridictions à l'article 296, paragraphe 16 de l'annexe, alinéa 2, article 300 *b*, 304 *b* et 310 sont supprimées; à l'article 302, alinéa 2, la réciprocité est accordée.

Le renvoi à un tribunal unique de tous les différends de même nature garantit la continuité et l'unité de la jurisprudence et empêche de fâcheux conflits de compétence, tous avantages qui ont été appréciés depuis longtemps par les juristes de tous les pays. En outre, le renvoi aux tribunaux nationaux de différends touchant des questions visées par le Traité de paix imposerait à ces tribunaux une tâche fort délicate : dans la mesure où leurs jugements seraient défavorables à leurs propres nationaux, ils seraient, en effet, exposés aux attaques de la presse nationaliste; dans la mesure, au contraire, où ils donneraient tort aux ressortissants de l'État anciennement ennemi, celui-ci y verrait toujours une manifestation de partialité. Seul, le Tribunal arbitral mixte est au-dessus de soupçons et d'attaques de cette nature. L'article 305, phrase 1, qui, il est vrai, ne doit pas être applicable dans les relations entre l'Allemagne et les États-Unis d'Amérique, indique la voie qu'il convient de suivre en ces matières.

2° Toutes les décisions des tribunaux arbitraux mixtes font force de loi et sont exécutables sur les territoires soumis à la juridiction de tous les États contractants.

II. La composition des tribunaux arbitraux mixtes, telle qu'elle est proposée, semble se justifier objectivement, à condition de supposer que la Ligue des Nations, dont le Conseil doit nommer le président impartial, comprendra l'Allemagne.

III. Aux termes des paragraphes 8 et 9 de l'annexe, la langue du tribunal, le lieu et la date des séances sont fixés par la Puissance ennemie intéressée. Cette disposition ne constitue pas seulement une injustice à l'égard de l'Allemagne, injustice sans exemple dans les traités d'arbitrage internationaux et nationaux; elle va encore, objectivement, à l'encontre du but poursuivi. Il deviendrait presque impossible d'obtenir pour les fonctions de président le concours de magistrats éminents appartenant à des pays neutres, si la décision d'une puissance ennemie, choisissant la langue et le siège du tribunal sans consulter la partie adverse, devait avoir pour effet le choix d'une langue difficile à connaître et peu répandue dans les relations mondiales, ou l'adoption d'une ville difficile à atteindre. En outre, la détermination unilatérale de la date par une seule des parties permettrait toutes les manœuvres dilatoires. Il semble donc préférable conformément à l'usage universel des tribunaux de laisser le soin de déterminer la langue, le siège et l'époque de la réunion du tribunal au Président qui jouit de la confiance générale. Son choix se portera régulièrement sur une des langues les plus répandues dans le monde. Il semblerait aussi possible de décider que l'emploi de l'allemand, de l'anglais et du français sera admis dans tous les cas.

IV. A titre de réciprocité, réciprocité qui résulte de l'intérêt commun qu'ont tous les États à un règlement égal et équitable de ces différends, les tribunaux et autorités de toutes les parties contractantes devraient, dans la limite de leur compétence, prêter directement aux tribunaux arbitraux mixtes toute l'aide qui serait en leur pouvoir, particulièrement en transmettant des notifications ou en recueillant des témoignages.

§ VII. — PROPRIÉTÉ INDUSTRIELLE.

(Articles 306 à 311.)

La réglementation du droit de protection en matière professionnelle part d'un principe qui, s'il est appliqué logiquement et si la réciprocité est pleinement garantie, correspondrait aux exigences du droit et de la justice. D'après l'article 306, alinéa 1, tous les droits protecteurs professionnels, littéraires et artistiques, désignés dans les accords internationaux de Paris et de Berne, ainsi que les prétentions résultant du fait que ces droits de protection ont été énoncés et du fait de la publication d'une œuvre littéraire ou artistique, devront être rétablis à tous égards du jour de l'entrée en vigueur du Traité de paix. Cela pour tous les pays représentés dans le Traité. Mais les individus mêmes, au profit desquels doit s'effectuer cette œuvre de rétablissement, ne sont pas définis avec toute la clarté voulue. La signification des termes anglais « legal representatives » et celle du terme français « ayants droit » ont besoin d'être expliqués.

La pensée générale qui a présidé au rétablissement de tous droits est, cependant, très gravement compromise au point de vue de son effet pratique par les réserves contenues dans les autres clauses du projet. Sous le coup de ces réserves tombent également les clauses qui permettent la liquidation, après la guerre, de droits de protection allemands. (V. art. 297 et § 15 du supplément à l'article 298.) La portée du paragraphe 15 n'est pas à vrai dire, dénuée d'incertitude à tous égards et a besoin d'éclaircissement. En vertu de ce paragraphe, la possibilité subsisterait, pour les puissances alliées et associées, de retirer aussitôt aux ayants droit allemands, par voie de liquidation, les droits de protection qui venaient d'être rétablis. Mais aussi le principe formulé, en tant qu'il concerne les droits de protection allemands, se trouve dépouillé de toute valeur pratique par suite d'une série de cas d'exception, prévus exclusivement au profit des puissances alliées et associées. Le principe, pris en soi, aboutirait à ce que toutes mesures légales et administratives prises au cours de la guerre contre les ressortissants des États ennemis perdent tout effet du jour de l'entrée en vigueur du Traité. L'Allemagne doit être contrainte aussi d'accepter cette conséquence en ce qui concerne les mesures prises par l'Allemagne. Par contre, les Puissances alliées et associées, d'après l'article 306, alinéa 2, prétendent maintenir dans toute leur étendue les résultats de leur lutte économique contre les détenteurs allemands de droits protecteurs. L'importance de cette exigence, au point de vue économique, croît encore de ce fait que, en vertu de l'article 306, alinéa 3, aucune responsabilité quelconque vis-à-vis de l'ayant droit allemand ne devra résulter de l'usage de droits protecteurs allemands, en tant que cet usage a été fait durant la guerre par le Gouvernement de l'une des Puissances alliées et associées ou avec l'assentiment de ce gouvernement. En pratique, les droits de protection sont, d'après ceci, rétablis uniquement au profit des ressortissants des Puissances alliées et associées.

En tant que les mesures de guerre ont abouti des deux côtés à consentir des dédommagements ou des indemnités, ces mesures seront, en règle générale, traitées d'après les dispositions générales relatives au règlement des dettes, règlement dont on a fait déjà ressortir le caractère inique en plus d'un point. Mais le principe de l'article 306, alinéa 4, est

encore violé puisque chacune des Puissances adverses se réserve de s'écarter de ce règlement en suivant sa propre législation, conséquemment en agissant arbitrairement. Si le
procédé adopté pour le règlement est mis en exécution, les « sommes dues ou payées » (sums
due or paid) devront être portées au crédit de l'Allemagne, les « sommes produites » (sums
produced), à celui des ennemis. Une différence en fait correspond-elle à cette différence dans
les termes? Cette question mérite d'être éclaircie.

Les propositions des Puissances alliées et associées ne se contentent pas de leur garantir
les avantages qui résultent pour eux des mesures de guerre prises au cours des hostilités;
l'article 306 du chapitre 5 manifeste en outre l'intention de s'assurer la possibilité de mettre
la main sur les droits protecteurs aussi pendant la paix.

Elles veulent se réserver le privilège d'exploiter à leur profit les droits protecteurs d'Allemands, que ces derniers aient été acquis avant, pendant ou même après la guerre, de sur-
veiller chaque exploitation de même que de lier les Allemands dans l'exercice de leurs droits
par certaines conditions, selon leur bon plaisir ou de leur imposer toute autre restriction, et
cela en particulier rien que dans le cas où elles le jugent requis pour garantir l'exécution
intégrale d'une quelconque des obligations souscrites par l'Allemagne dans le Traité de paix.
Dans cette hypothèse sur la réalité de laquelle l'adversaire se prononce en l'absence de tout
contrôle impartial, les Puissances alliées et associées doivent être libres de s'approprier sans
aucune indemnité et pour un temps indéfini les fruits de l'esprit d'invention allemand.

Cette déclaration de mise hors la loi de la propriété intellectuelle allemande est d'autant
plus inadmissible qu'elle affaiblit la puissance commerciale de l'Allemagne dans l'un des rares
domaines qui permettraient encore à l'Allemagne d'entreprendre des efforts pour organiser
son existence commerciale et supporter les charges qui lui sont imposées par la guerre mondiale.

Le renouvellement des délais échus pendant la guerre (art. 307) apparaît fondé en principe, de même que la remise en vigueur des droits qui peuvent s'être trouvés éteints par suite
d'actions différées ou de payements interrompus. Mais dans la mesure où l'on admet aussi
que des réclamations et des demandes d'annulation soient soulevées après coup, cette clause
paraît aller au delà des besoins.

De plus, lorsqu'on propose que subsistent pour des tiers des droits qui ont été acquis avant
la remise en vigueur du droit éteint, cette proposition apparaît bien fondée dans la mesure
où le projet ne favoriserait pas unilatéralement par son économie les Puissances alliées et
associées et dans la mesure où la nature de la protection accordée aux droits bien acquis ne
serait pas laissée au bon plaisir de ces Puissances. En revanche, il y a lieu d'élever de vives
protestations contre la clause de la dernière proposition de l'article 307, § 2, qui, contraire-
ment aux principes les plus généreux de la paix, prétend maintenir en vigueur le droit de la
guerre et l'opposer aux droits de protection des brevets et modèles, tels qu'ils sont de nou-
veau en vigueur.

Par là, et si l'on y joint le droit de liquidation qui est également réservé quant à ses droits
protecteurs, la renaissance qu'envisage théoriquement l'article 306 se trouverait pratique-
ment sans objet.

La prolongation du délai pour l'exécution des payements (art. 307, § 3) et les clauses
relatives aux délais de priorité de même qu'aux droits de tiers acquis et reconnus (art. 308)
ne soulèvent aucune objection de principe; cependant la prolongation du délai prévu dans
la dernière clause, de six mois à un an, paraît indiquée.

De même le renoncement réciproque aux poursuites pour infractions aux droits protecteurs (art. 309) est admissible.

Le règlement des contrats de licences (art. 310) conclus avant la guerre, d'après lequel ces contrats doivent être considérés comme résiliés avec effet rétroactif depuis le début de la guerre correspond au principe exposé dans sa généralité dans l'article 299 et sur lequel nous nous sommes déjà expliqués. Mais si on l'accepte là, il faut aussi qu'ici on en tire la conséquence. Il faut que sur le territoire des Puissances alliées et associées, on continue à accorder aux propriétaires originels de la licence, le droit de demander un renouvellement du contrat de licence résilié avec conditions modifiées. Cette clause, dont le bien-fondé parait douteux, pèse sur l'Allemagne d'une façon unilatérale, en ce sens que dans les cas où les parties ne se sont pas mises d'accord et où la situation juridique relève en soi du droit allemand, ce ne sont pas les tribunaux allemands, mais le tribunal mixte qui est appelé à prononcer, tandis que dans le cas où la situation juridique intéresse le droit de l'une des puissances adverses, la décision reste confiée au tribunal national de cette puissance. La justice commande dans tous les cas de laisser la décision au Tribunal mixte. Le maintien des licences de guerre proposé au paragraphe 2, et qui si l'on accordait l'entière réciprocité, serait parfaitement admissible, se trouve être unique, du fait que seules les licences de guerre qui ont été distribuées en faveur des ressortissants des Puissances alliées et associées doivent être maintenues.

L'article 311 exige un article additionnel en vertu duquel les droits protecteurs allemands qui appartiennent aux Allemands habitant en dehors des territoires cédés, doivent aussi à l'avenir continuer à être exercés sans restriction sur ces territoires. Il y aurait lieu d'introduire un article additionnel correspondant dans l'article 7 du projet qui (prévoit) l'exercice de droits protecteurs allemands en Allemagne pour les Alsaciens-Lorrains. Les nombreuses remarques et doutes exprimés ici, qui, si l'on entrait plus avant dans les détails de la réglementation le deviendraient encore davantage, montrent qu'il est indispensable qu'avant d'adopter une position définitive, toute cette question très complexe soit étudiée par des spécialistes de toutes les parties contractantes dans une délibération commune.

C.

CLAUSES PARTICULIÈRES DE DROIT MARITIME.

(Article 440 et paragraphes 7-9 de l'Annexe à la 8ᵉ Partie.)

L'article 440 du projet demande la reconnaissance par l'Allemagne de toutes les décisions et ordonnances des tribunaux des prises ennemis au sujet de bateaux ou de marchandises allemands et exclut toute prise en considération de réclamations au profit de nationaux allemands. D'autre part, l'Allemagne doit admettre que les décisions et ordonnances de ses tribunaux des prises seront revisées selon une procédure déterminée à leur gré par les Puissances alliées et associées, et non point seulement dans la mesure où les nationaux de ces Puissances, mais encore les sujets neutres auraient été touchés par les décisions. De plus, l'Allemagne doit se soumettre aux résultats de la revision, sans avoir le moindre droit d'être entendue.

La partialité de ces mesures est rendue encore plus intolérable, parce que les Puissances alliées et associées s'arrogent sans aucune justification, le droit de décision sur des droits de neutres à l'égard de l'Allemagne. La justice exige ou bien la reconnaissance ou bien la revision impartiale des décisions et ordonnances des tribunaux des prises de tous les États signataires du Traité indifféremment. L'une quelconque de ces deux solutions aurait l'assentiment de l'Allemagne. Si une revision est décidée, elle ne peut être faite que par une cour internationale composée de membres pris sur un pied d'égalité entre les États contractants.

Si les dispositions de l'article 440 entraient en vigueur les adversaires de l'Allemagne acquerraient injustement, en plus de la pleine indemnité qu'ils demandent, des sommes considérables, qui, de droit, reviennent à l'Allemagne.

D'après les conditions de l'armistice, l'Empire allemand a dû rendre le tonnage ennemi qui lui avait été régulièrement attribué par des arrêts de tribunaux de prises. Le projet de traité ne dit pas que ce tonnage sera retourné ou qu'il en sera tenu compte. D'autre part, on n'essaie même pas de compenser cette perte injustifiée en rendant à l'Allemagne ses bateaux ou cargaisons, qui furent touchés par des décisions ou ordonnances des tribunaux des prises ennemis, ou au moins en tenant compte de leur valeur.

A cet égard il faut insister aussi sur les dispositions des paragraphes 7, 8 et 9 de l'annexe III de la 8ᵉ partie.

D'après le paragraphe 7, l'Allemagne devrait prendre toutes mesures, qui lui seront indiquées par la Commission des réparations pour réacquérir les navires allemands vendus à des neutres depuis le début de la guerre. Ainsi l'Allemagne serait livrée à la spéculation des étrangers. D'après le paragraphe 8, l'Allemagne doit renoncer à tous ces droits pour la retenue ou l'utilisation, la perte ou l'endommagement de bateaux allemands, à l'exception des payements stipulés dans les protocoles de l'armistice.

Ainsi l'Allemagne se verrait privée, entre autres choses, de tous les droits, qui, d'après les principes du droit des gens sur le traitement de bateaux frappés d'embargo, lui appartiennent pour récupérer un tel dommage. D'après le paragraphe 9, l'Allemagne ne doit conserver aucune espèce de droit sur les bateaux et cargaisons, qui ont été coulés et ultérieurement repêchés, cette disposition aurait force de loi sans égard aux décisions des tribunaux des prises de l'Allemagne ou de ses Alliés.

Sous cette forme, ces dispositions paraissent injustifiées; nous pourrions acquiescer au paragraphe 9 à la condition que l'Allemagne fut créditée sur le compte d'indemnité de la valeur des bateaux et marchandises repêchés, déduction faite de tous les frais de relevage.

D.

QUESTION DE DROIT PÉNAL.

I.

La Délégation allemande a, dans ses remarques sur les dispositions pénales du projet (partie VIII), exprimé l'opinion que les violations du droit des gens commises par les particuliers pendant la guerre devaient être punies. A côté de cette idée, il faut, d'autre part, soutenir aussi l'idée que toutes les autres fautes commises par les nationaux des deux parties et motivées par les circonstances de la guerre doivent, à la condition que la conscience générale ne s'y oppose pas, après la paix tomber dans l'oubli. Ce principe doit valoir non seulement dans les rapports d'un État belligérant avec ses propres sujets, mais aussi dans ses rapports avec les sujets du parti adverse. Une semblable amnistie a été prévue dans quantité d'autres traités de paix et, maintenant aussi, elle contribuera au rapprochement des peuples. Puisque le projet ne prévoit aucune amnistie, la Délégation allemande fait les propositions suivantes.

En plus de la libération des prisonniers de guerre et des internés civils coupables d'une action punissable, libération dont il est parlé ailleurs, il serait important au plus haut point que chaque État accorde aux sujets de l'autre partie exemption de peine pour tout acte punissable, commis pendant la guerre au profit de sa patrie, ou contribué par une infraction aux lois d'exception promulguées au détriment des sujets ennemis; devraient rester exclues les actions qui sont contraires aux lois et usages de la guerre.

En outre devraient être compris dans l'amnistie certains actes commis avant la conclusion de la paix par les habitants d'un territoire occupé par l'ennemi.

Les circonstances exceptionnelles pendant une occupation résultant de la guerre ou accordée par traité seront souvent la cause d'une attitude politique ou militaire qui, en général, perd toute son importance lors du retour de la souveraineté primitive et peut rester impunis sans que le sentiment de droit en soit offensé.

II

L'article 3o2 du projet prévoit la revision de jugements par défaut en matière de procédure civile.

La pensée qui a inspiré cette disposition devrait être reconnue également en ce qui concerne le droit pénal.

La Délégation allemande estime, par suite, nécessaire que chaque État rende possible à des ressortissants de l'autre partie la reprise d'un procès pénal jugé contre eux devant ces tribunaux, quand la condamnation a été prononcée par défaut.

III

Dans le même ordre d'idée, il est nécessaire d'attirer l'attention sur l'attitude intolérable des autorités d'occupation en Alsace-Lorraine et dans le Palatinat, lesquelles ont appelé en responsabilité pénale et civile des personnes de diverses professions, fonctionnaires d'administration, juges, témoins, liquidateurs, sequestres et autres biens que les actes qu'on leur reproche aient été, — d'après les lois allemandes qui servent de base, — accomplis conformément au devoir.

ANNEXE II[1].

---

(1) Cette annexe était accompagnée de la lettre d'envoi ci-dessous :

DÉLÉGATION ALLEMANDE
  DE LA PAIX.

Versailles, le 29 mai 1919.

MONSIEUR LE PRÉSIDENT,

Inclus, j'ai l'honneur de remettre à Votre Excellence un Rapport de la Commission financière de la Délégation allemande de la Paix, se rapportant aux Parties VIII et IX du Projet des conditions de paix. La Conférence allemande de la Paix adhère au point de vue de sa Commission financière et l'adopte entièrement.

Veuillez agréer, Monsieur le Président, l'expression de ma haute considération.

Signé : BROCKDORFF-RANTZAU.

La Délégation financière allemande a à s'occuper essentiellement de la Partie VIII — y compris les Annexes I et II — et de la Partie IX des conditions de paix, relatives aux indemnités et aux questions financières. Elle formule les conditions préliminaires suivantes en ce qui concerne l'esprit et le contenu de l'ensemble du projet.

Pour réparer le terrible malheur dans lequel la guerre a précipité l'humanité, pour résoudre les problèmes financiers et économiques énormes qui menacent de la même façon, et seulement avec des différences de degré, tous les peuples que la guerre a atteints, il n'y a certainement qu'un seul moyen après les années épouvantables de lutte et de dévastation réciproques, les peuples de la terre devraient s'unir maintenant en vue d'*une œuvre commune de paix*, afin de pouvoir, par leur entr'aide, supporter plus facilement les charges et de promouvoir la reconstruction plus rapide du monde.

Le projet de conditions de paix que les Gouvernements adverses nous ont soumis n'a pas suivi cette voie. Bien au contraire, ils caressent l'espoir qu'une Allemagne pressurée, tenue en laisse par tous les moyens de disqualification politique et économique pourra rapporter plus à leurs peuples et les dégager de plus de charges que la nouvelle Allemagne que nous projetons d'édifier.

Si les conditions territoriales politiques et économiques contenues dans le projet des Gouvernements alliés et associés étaient réalisées, l'Allemagne serait condamnée à la déchéance économique et financière, même si elle n'était pas astreinte à des indemnités. On veut détacher de l'Allemagne d'énormes territoires agricoles dont nous avons besoin tant pour nourrir notre population que pour établir une partie au moins des hommes qui ne trouveront plus d'emploi dans l'industrie. On nous demande de donner des stocks de matières premières indispensables, avant tout presque le tiers de notre production en charbon ; l'appareil économique mondial de l'Allemagne, pour autant qu'il n'a pas été détruit au cours de la guerre, serait voué ainsi, même après la conclusion de la paix, à un anéantissement total. Il nous faudrait perdre la force imposable, la force de travail de parties importantes du pays. Il resterait une Allemagne qui, bien plus que par le passé encore, serait à l'avenir tributaire de l'étranger pour la satisfaction de ses besoins immédiats d'alimentation, de vêtement et de travail industriel. puisqu'elle serait dépouillée, en grande partie, de ses propres ressources ; *le seul moyen qu'elle ait de payer* — c'est-à-dire son travail — non seulement serait par avance frappé d'embargo dans des proportions énormes, mais, en outre, il se heurterait partout à des barrières presque infranchissables. Nous ne saurions nous représenter comment notre peuple, ainsi comprimé et étouffé, pourra continuer d'exister. Le danger terrible qui le menace est celui d'une émigration en masse qui se produirait d'abord, ou. si celle-ci devenait impossible, celui d'une mortalité considérable : voilà comment il lui faudrait se donner de l'air. Mais une chose est certaine : il est impossible de songer à prélever sur ce qui, d'après le projet de

Traité de paix, resterait de l'Allemagne, les indemnités énormes prévues par ce projet. Une Allemagne dans la population de laquelle on tue par avance tout désir de travail par la situation désespérante du présent et par les sombres perspectives de l'avenir ne saurait être en mesure de fournir des indemnisations. Le projet des Puissances alliées et associées ne tient pas compte que, d'abord, il rend l'existence de l'Allemagne impossible et, que ensuite, il attend de cette Allemagne qu'elle s'acquitte de charges énormes : c'est à la fois injuste et inexécutable.

Dans l'examen du montant des indemnités que les Puissances alliées et associées veulent nous imposer, nous ne discuterons pas les bases juridiques de ces demandes qui seront discutées ailleurs (par la Commission juridique de la Délégation de la Paix). *En tout état de cause, il y aura lieu d'examiner dans quelles limites l'Allemagne est financièrement en mesure de payer ;* les considérations qui suivent s'inspirent de ce principe. De ce point de vue, purement financier, *il est impossible en première ligne que l'Allemagne supporte tous les dommages de guerre de ses adversaires.* Il est également *impossible que l'Allemagne se porte garante pour ses alliés.* De même, et pour des raisons purement financières, les dispositions des paragraphes 5 et 7 de l'Annexe I relatifs aux pensions militaires, pensions aux survivants des militaires tués, etc., ne sauraient entrer en ligne de compte.

Relativement au montant des charges que l'Allemagne doit assumer en dehors même des indemnités, la Commission se voit dans l'obligation de signaler l'importance extrême de l'article 249, qui veut mettre à la charge de l'Allemagne, de la façon la plus complète, les frais d'entretien d'une armée d'occupation, même après la signature de la Paix. Ces frais, payables en or, ou en une somme équivalente au montant en or, peuvent être excessivement élevés et impossibles à supporter par la puissance financière affaiblie de l'Allemagne. Aujourd'hui *les frais d'entretien des troupes d'occupation ennemies sont plus élevés, autant qu'il peut en être jugé, que ceux de l'entretien de l'armée et de la marine allemande en temps de paix. Il ne serait pas équitable de charger l'Allemagne des frais d'une continuation d'occupation, car les troupes d'occupation comprendraient également des troupes ennemies de temps de paix, dont l'entretien devrait être contesté par les Puissances ennemies.*

Une occupation militaire serait d'autant plus funeste que toute occupation entraîne avec elle des conséquences économiques nuisibles qui ne prennent que trop facilement de l'importance par l'immixtion des troupes d'occupation dans le domaine de la politique économique et administrative.

La force contributive de l'Allemagne et sa faculté de payement dépendent de l'unité d'administration des domaines économiques qui lui restent, mais l'autorité du Gouvernement allemand ne peut être rétablie, quant à l'impôt, aux douanes, etc..., que lorsqu'il n'y aura plus d'armée d'occupation dans le pays. Déjà la période d'armistice a provoqué un état chaotique dans les territoires de la rive gauche du Rhin, quant au commerce d'importation et l'or. Une occupation de plusieurs années, liée, ainsi qu'il est projeté, avec l'introduction d'un régime douanier spécial, priverait l'Allemagne de la possibilité d'avoir une politique financière et économique bien orientée.

III

Nous devons encore nous élever contre le fait que d'importants éléments de la force financière de l'Allemagne lui sont retirés sans aucune prétention légitime.

L'article 254 (?) prévoit le projet d'une transmission de dette pour les territoires dont la séparation de l'Allemagne est exigée.

Le mode de répartition prévu pour cette dette, — d'après lequel la répartition serait faite sur la base du rendement de certaines catégories d'impôts dans les territoires à céder, comparé à ceux de toute la population allemande, — est difficilement exécutable, étant donnée l'inégalité des systèmes d'impôt dans les différents États allemands confédérés.

La clause d'après laquelle la reprise de la dette ne doit s'étendre qu'aux dettes existant au 1ᵉʳ août 1914 apparaît comme complètement injuste ; de sorte que tous les frais de guerre seraient supportés par les populations restant allemandes. Les habitants des territoires à céder furent tout aussi prêts que le reste du peuple allemand à défendre leur patrie qu'ils croyaient attaquée. Pas un seul des députés des territoires qui doivent être détachés maintenant de l'Allemagne n'a voté contre les crédits de guerre. Tous ces députés avaient été élus par le droit de suffrage alors le plus libre du monde (égal, général, secret, direct), ainsi donc si maintenant certaines parties doivent être détachées, cela ne peut évidemment avoir lieu que de la façon suivante : que tout ex-sujet allemand emporte avec lui dans sa nouvelle patrie sa part, au jour de la séparation, de la dette d'Empire, ainsi que de l'État confédéré auquel les territoires détachés appartiennent.

Ce n'est donc pas le 1ᵉʳ août 1914, mais le jour de la signature du Traité de Paix qui doit servir de point de départ pour le calcul de la part de dette à reprendre y compris les charges fixées par le Traité de Paix.

En *Alsace-Lorraine* devraient être reprises, pour le moins, *les dettes propres à l'Alsace-Lorraine, celles contractées pour l'achèvement du réseau alsacien-lorrain, et les nouveaux emprunts pour lesquels de nouvelles valeurs ont été créées en Alsace-Lorraine depuis 1871.* En l'année 1871, l'Allemagne a dédommagé la France de la valeur des chemins de fer situés en Alsace-Lorraine en imputant leur valeur sur l'indemnité de guerre. Il est donc à demander d'une façon générale que, en cas de cession des chemins de fer un prix correspondant à leur valeur actuelle soit inscrit au crédit de l'Allemagne.

L'exclusion de toute compensation pour les biens allemands ou alsaciens-lorrains cédés en Alsace-Lorraine (article 225) ne nous semble pas être justifiée par le rappel du règlement de 1871, particulièrement pas en ce qui concerne les nouveaux établissements. Pour la revendication correspondante de la Belgique (article 256, paragraphe 4), il n'y a aucune raison de donnée, ni visible.

Également le règlement spécial pour la Pologne (article 92, paragraphe 3) ne peut pas être reconnu.

La clause d'après laquelle la Pologne ne participerait pas à la dette allemande et polonaise qui a été contractée pour la colonisation allemande à (*Posen*) [*Posnanie*] (article 225, paragraphe 2) n'est exécutable que dans le cas où des garanties appropriées seraient données pour le payement des rentes et autres droits revenant à l'État prussien en raison de cette colonisation.

Sans vouloir anticiper d'aucune façon sur la cession exigée des colonies (*Schutzgebiete*) nous devons, au point de vue financier, faire ressortir les choses suivantes :

Les colonies sont enlevées à l'Allemagne sans que la dette d'Empire ou des États confédérés soit reprise en partie, au cas où l'on en viendrait à céder des colonies, l'Allemagne devrait réclamer que les territoires continuent à assumer les dettes contractées soit avec, soit sans la garantie de l'Empire, mais que l'Allemagne soit déchargée de la garantie et que l'État preneur restitue à l'Empire les sommes consacrées à des améliorations de ces territoires.

Mais la prise des colonies est en contradiction avec les bases de l'armistice. Au point 5 des 14 points du Président Wilson, il est dit : Un règlement sans idées préconçues, loyal et absolument impartial de toutes les questions de revendications coloniales, reposant sur une exacte observation de ce principe que, lors du règlement de questions de souveraineté de ce genre les intérêts des populations touchées doivent avoir le même poids que les justes revendications du Gouvernement dont les droits doivent être fixés. Il n'est donc nullement question dans le programme du Président Wilson de prise de colonies, surtout sans indemnité.

Or, les colonies de l'Allemagne sont devenues à un tel point parties intégrantes de son domaine économique propre; elles constituent des portions si précieuses de son capital national que, ne se placerait-on qu'au point de vue financier, elle ne peut renoncer à ses possessions coloniales.

Nous mentionnerons enfin les conditions de l'article 250, d'après lequel la remise du matériel déjà livré conformément aux conditions de l'armistice devrait être ratifiée et le droit, par les Puissances alliées et associées, d'en disposer en toute propriété, être reconnu. Pour donner notre adhésion il faudrait une étude approfondie qui n'a pas été possible pendant le court délai dont nous avons disposé. En tout cas, il faut exiger que non seulement les produits de l'industrie de paix qui seront livrés, mais encore le matériel de guerre de l'armée et de la marine, que le projet veut exclure des sommes à imputer sur l'indemnité, viennent en déduction des frais de réparation.

IV

Les remarques précédentes montrent en détail les profondes divergences de points de vue qui apparaissent lorsqu'il s'agit de déterminer ce qui peut être mis à la charge de l'Allemagne et ce de quoi elle doit être indemnisée. Mais ces considérations de détail passent presque au second plan si nous voulons avoir une idée d'ensemble de ce que le projet des conditions de paix vise, dans sa partie financière, à nous imposer. La somme définitive que l'Allemagne aura à payer ne s'y trouve pas nommée. Elle ne sera fixée que jusqu'au 1er mai 1921. A partir de ce moment, nous devrons en assurer le service d'intérêts au taux de 5 p. o/o, les sommes afférentes demeurant à notre charge. On a envisagé provisoirement un payement en trois versements de 20, 40, et, si la Commission des réparations juge que l'Allemagne est en état de le faire, d'encore 40 milliards d'obligations.

L'émission de nouvelles obligations peut être exigée plus tard. *Si le principe ci-dessus doit servir de base aux évaluations, il est manifeste que nous arriverions à un chiffre total absolument fantastique,* constituant une charge de laquelle on ne saurait songer à s'acquitter jamais, même au prix du labeur acharné de plusieurs générations. Il est évident que les Gouvernements alliés et associés ont clairement conscience de ces faits; sinon, ils n'auraient pas fait la réserve dont nous avons parlé au sujet de l'émission des 100 milliards de marks d'obligations. Mais il y a une chose dont ils ne se rendent pas nettement compte : c'est que s'ils accablent l'Allemagne sous le poids d'une dette qui leur enlève toute possibilité d'avenir, si par suite, toute amélioration de la situation économique de l'Allemagne, amélioration que le peuple allemand pourrait réaliser grâce à un labeur acharné et une économie spartiate, n'aboutissait qu'à nous imposer des versements plus élevés en vue de nous acquitter de notre dette, ce serait fini à tout jamais, en Allemagne, de la joie de produire, de l'ardeur au travail et de l'esprit d'entreprise. *Le peuple allemand aurait le sentiment d'être condamné à un travail d'esclave, car tout ce qu'il produirait ne profiterait ni à lui-même, ni même à ses enfants, mais uniquement à ses ennemis.* Or le travail d'esclave n'a jamais donné de bons résultats. On ne peut l'obtenir d'un peuple comme le peuple allemand; toute possibilité et tout désir de payer les impôts disparaîtraient et l'Allemagne deviendrait, pour des dizaines d'années, le théâtre des luttes de classes les plus acharnées. Au lieu de tenir compte de ce danger, on a visé, bien au contraire, à mettre l'Allemagne, au point de vue financier, économique et politique, sous une dépendance et sous un contrôle tels que l'histoire de l'humanité n'en offre pas d'exemple. Le moyen pour y parvenir, c'est la Commission des réparations et l'extraordinaire plénitude des pouvoirs que le projet de Traité prévoit pour elle.

Pour le payement des indemnités en ce qui concerne toutes les demandes en espèces.

d'après le Traité de paix et d'après les traités additionnels, ainsi que pour les exigences imposées au moment de l'armistice, un privilège de premier ordre doit, d'après l'article 248, être constitué sur tous les biens et sur toutes les recettes de l'Empire et des États Confédérés.

D'après le paragraphe 12, de l'Annexe II, la Commission, munie de pouvoirs illimités pour le contrôle et les mesures de recouvrement des recettes doit s'assurer : 1° que tous les revenus de l'Allemagne, y compris les revenus destinés au service ou à l'acquittement de tout emprunt intérieur, soient affectés par privilège au payement des sommes dues par elle à titre de réparations, et 2° que le système fiscal allemand est tout à fait aussi lourd proportionnellement que celui d'une quelconque des Puissances représentées à la Commission.

Ces stipulations entraîneraient un contrôle absolu des finances de l'Allemagne par les Alliés, et une main-mise complète sur l'organisation intérieure de l'Empire.

Elles sont déjà matériellement inexécutables, car l'établissement d'un privilège de premier ordre pour constituer un capital commun de réparation sur tous les biens et revenus de l'Empire et chacun des États est impossible, parce que le crédit de l'Empire et des États serait tellement effondré qu'il ne serait plus possible d'envisager une administration financière autonome de ces États.

Comment (en dehors de la Commission des Réparations) l'Allemagne pourrait-elle contracter de nouveaux emprunts à l'intérieur ou à l'extérieur du pays, quand le service de chacun de ces emprunts serait placé dans une situation douteuse, étant frappé, avant toute possibilité de payement, d'une charge arbitraire préalable illimitée.

Le service même des emprunts de l'Empire et des États allemands émis jusqu'ici dépendra ainsi complètement des appréciations de la Commission, et pourtant le maintien de la vie économique de l'Allemagne dépend entièrement du maintien de ce service. La grande et la petite épargne, les entreprises industrielles, les Banques, les Caisses d'épargne, les Sociétés d'assurances et toutes les diverses entreprises administrant des biens étrangers ont placé une grande partie de leur avoir en emprunts de l'Empire et des États, surtout en emprunts de guerre. Si ces emprunts perdent de leur valeur, même simplement en partie, il en résultera un arrêt général définitif de la vie économique de l'Allemagne qui aurait une répercussion encore plus fatale que les conséquences économiques de la guerre et des conditions de l'armistice. Un tel arrêt enlèverait à l'Allemagne toute solvabilité pendant une longue période, même simplement pour le payement de l'indemnité.

Le fait que l'Allemagne n'ait pas à supporter une charge d'impôts moindre que les États représentés à la Commission résulte déjà de notre situation même. Cette charge d'impôts sera vraisemblablement plus élevée que partout ailleurs.

Ainsi la Commission des Réparations, telle qu'elle est maintenant projetée, serait la maîtresse souveraine de l'Allemagne. Elle disposerait de la vie économique intérieure et extérieure de l'Allemagne.

D'après l'article 260, la Commission doit pouvoir exiger que tous les sujets des États allemands renoncent à leurs droits et à leurs intérêts dans toutes les entreprises d'intérêt public (indication très vague et peu clairement définie) ainsi qu'à toute concession en Russie, en Chine, en Autriche, en Hongrie, en Bulgarie et en Turquie et dans les possessions et colonies de ces pays ou bien dans les territoires qui, d'après les exigences des Alliés et des Puissances associées, doivent être séparés de l'Allemagne.

Le Gouvernement allemand doit lui-même y contribuer, il doit dresser et remettre une liste de toutes ces concessions et de tous ces droits, procéder à l'expropriation, indemniser les expropriés et se rendre responsable vis-à-vis de la Commission de tout ce qui aura ainsi été exproprié. La Commission acquiert de la sorte une omnipotence sans limites. *Grâce à cette omnipotence, toutes les propriétés allemandes dans les pays mentionnés peuvent être expropriées, tandis que, d'après l'exposé des conditions de paix, l'expropriation des biens allemands dans les pays ennemis peut avoir lieu en tout temps jusqu'à nouvel ordre, au moyen de liquidations et de mises sous séquestre.*

Mais comment l'Allemagne pourra-t-elle encore travailler et faire face à ses obligations financières, entre autres, à ses dettes extérieures, et en particulier aussi vis-à-vis des Gouvernements alliés et associés eux-mêmes, si on lui enlève désormais toutes ses propriétés à l'étranger et si elle perd toute possibilité de se livrer à des exploitations de ce genre? Cette expropriation fait d'autant plus de tort à ceux qu'elle atteint que l'Empire ne pourrait assurer le dédommagement des expropriés que par l'émission de nouveaux emprunts intérieurs dont la valeur serait des plus compromises par le Traité de paix.

L'expropriation ressemblerait beaucoup à une confiscation.

Dans les propositions de paix, on parle *très fréquemment de l'obligation pour l'Empire d'indemniser la propriété privée qui doit être expropriée au bénéfice des Puissances alliées et associées, sans réfléchir qu'il doit aussi y avoir une limite dans l'emploi de cette méthode, pour des raisons de technique monétaire.* L'émission d'emprunts d'État allemands, tant à l'intérieur qu'à l'extérieur, ne sera donc pas possible pour de grosses sommes à l'avenir; une indemnité ne pourra donc être réalisée qu'au moyen d'une importante émission de billets. *Si l'on mettait à exécution les conditions de paix proposées, l'inflation monétaire, déjà excessive aujourd'hui, augmenterait encore considérablement.*

De même, les livraisons en nature à l'étranger ne peuvent avoir lieu que si l'État indemnise les producteurs; d'où une nouvelle augmentation de billets. Tant que ces livraisons dureront, il ne saurait donc être question même d'une stabilisation du change allemand à son niveau actuel. *La dépréciation du mark ne ferait encore que s'accentuer; mais l'instabilité du change atteindrait non seulement l'Allemagne mais encore tous les pays exportateurs; car l'Allemagne, avec son change allant constamment en diminuant, serait un élément de trouble et devrait lancer des marchandises à des prix trop dérisoires sur le marché mondial. Indépendamment de toute autre considération, il y a donc lieu, du point de vue de cette question de technique monétaire, de rejeter les propositions concernant l'expropriation et les livraisons excessives en nature qui sont formulées dans les conditions de paix.*

Dans les propositions pour les conditions de paix, tous les pays qui se trouvent en guerre contre l'Allemagne ont mécaniquement ajouté leurs divers desiderata; on ne se trouve pas en présence d'une version fondamentale d'ensemble; il y a des contradictions fréquentes d'un chapitre à l'autre. Une revision est nécessaire, pour éviter que, par suite de cette adjonction, l'entité économique dont on exigera des prestations ne se désagrège. On ne pourrait trouver en commun une solution organique qu'en réunissant toutes les demandes individuelles des participants.

D'après l'article 281, la Commission doit décider également dans quelle mesure l'étranger pourra nous exporter du ravitaillement et des matières premières : ceci donne en fait le pouvoir à la Commission de décider si et à quel point le peuple allemand sera nourri et dans quelle mesure l'industrie pourra travailler, de telle sorte qu'il ne pourra plus être question d'autonomie, ni de libre initiative économique,

Selon le paragraphe 241, l'Allemagne serait obligée d'édicter toutes les lois nécessaires pour assurer l'exécution complète des conventions. Est-ce à rapprocher de l'article 234 et du paragraphe 12 de l'Annexe II? est-ce à dire que l'Allemagne, sur instructions de la Commission, doive éditer toutes les lois fiscales que réclamera la Commission? Aussi bien, même si la Commission doit se borner à décider d'avance comment les revenus de l'État allemand doivent être employés, si, en conséquence, les dépenses afférentes au service des intérêts des emprunts de guerre, pour les indemnités des Allemands ayant subi des dommages de guerre et pour les pen-

sions aux familles des militaires décédés doivent, sur leur injonction, être suspendus ou forte-
ment réduits, de même que les dépenses d'un but civilisateur, telles que les dépenses scolaires
et post-scolaires, etc., *alors que la démocratie allemande serait totalement anéantie au moment
même où le peuple allemand s'était, après de dures épreuves, attelé à la mettre debout, anéantie par
ceux-là mêmes qui, durant toute la guerre, ne se sont jamais lassés de prétendre qu'ils voulaient
la démocratie !* En mettant de côté le droit de disposer des recettes de l'État, le régime parle-
mentaire disparaît, et le droit budgétaire du Reichstag devient un attrape-nigauds. La représentation populaire et les Gouvernements en Allemagne n'ont plus alors que le devoir de servir d'huissier à la Commission pour le recouvrement des indemnités. L'Allemagne cesserait
d'être un peuple ou État, elle deviendrait une maison de commerce, que ses créanciers met-
traient en faillite, sans lui laisser la possibilité de fournir la preuve qu'elle n'est pas disposée à
remplir ses obligations. La Commission, qui doit avoir son siège permanent en dehors de
l'Allemagne, posséderait en Allemagne des droits incontestablement plus importants que
jamais empereur allemand ait possédé. Le peuple allemand soumis à son régime serait, pour
bien des dizaines d'années, sans droits, privé de toute autonomie dans les moyens et les buts
de son activité économique, de même dans l'éducation de son peuple plus qu'aucun peuple
au temps de l'absolutisme.

V

Toutes ces questions importantes, soumises à la décision de la Commission des réparations, elle les résoudrait unilatéralement et toute seule. Qu'il s'agisse d'évaluation du territoire de la Sarre, de la fixation des indemnités à imposer à l'Allemagne, de l'établissement
et des modifications du plan de payement et l'évaluation des biens à restituer par l'Allemagne, de la fixation du prix des marchandises de valeurs étrangères à livrer par l'Allemagne, de la mesure où les territoires arrachés à l'Allemagne doivent participer aux dettes
de l'Empire et de ses États ou de la fixation de la valeur des biens de l'Empire et des États
dans les territoires arrachés, tout ceci, et bien d'autres points analogues, que nous ne
pouvons énumérer en détail, la Commission les trancherait de sa propre autorité souveraine.

L'Annexe II, qui régit la matière en question, pourrait même, selon les dispositions du
Traité, être modifiée par l'accord unanime des gouvernants représentés à la Commission,
sans aucune espèce de garantie de droit, voire selon aucune espèce de droit de discussion
pour l'Allemagne. L'Allemagne a le droit, dans de nombreuses questions, — pas dans toutes,
— de faire entendre sa voix, mais elle n'aurait aucune espèce de part à la décision vis-à-vis
des délibérations secrètes de la Commission. Ce qui, dans *la contestation privée la plus
simple, constitue, chez tous les peuples civilisés, un droit indiscutable, à savoir que les deux
parties font valoir leur point de vue dans un débat contradictoire et que, lorsqu'elles ne s'entendent
point, c'est un tiers impartial qui décide, ceci doit nous être dénié. La Commission est à la fois juge
et partie.*

L'Allemagne est encore lésée d'autre manière. Les *Gouvernements alliés et associés se
réservent le droit de retenir et de liquider des biens allemands de toutes sortes, même après a
signature de la paix, et de les soumettre aux mesures de guerre déjà prises ou même à prendre*
(art. 297, Annexe 5, § 9) alors que, par contre, ils réclament pour les biens de leurs ressortissants en Allemagne la protection la plus étendue. Ils prétendent (art. 252) se réserver le
droit de disposer de toutes les propriétés des sujets ennemis dans leurs pays, alors qu'immédiatement après ils adoptent, dans l'article 252, un point de vue selon lequel toutes les
sûretés et hypothèques attribuées avant la guerre aux puissances ennemies ou à leurs sujets
ne doivent pas être touchées par le Traité de paix. *On adopte donc ici une conception différente*

de la propriété privée selon qu'il s'agit du vainqueur ou du vaincu; ce qu'on exige pour l'un, on le refuse expressément à l'autre.

Nous devons protester avec la dernière énergie contre l'article 258, selon lequel *l'Allemagne doit renoncer à toute représentation ou participation, etc., dans des administrations ou commissions des banques d'État ou des organisations financières et économiques. On n'aperçoit aucune justification de cette stipulation, qui ferait de l'Allemand un paria dans le monde. Elle sape indubitablement les bases acceptées par nous et par les autres Puissances dans les notes d'armistice.*

Enfin les articles 259 et 261 sont également contraires à toute équité et absolument contestables. D'un côté l'Allemagne doit livrer aux Gouvernements alliés et associés de grosses sommes d'or destinées à la Turquie, à l'Autriche et à la Hongrie, et par là, reconnaître ses obligations à leur égard, d'un autre côté on demande que l'Allemagne transmette ses créances exigibles sur l'Autriche, la Hongrie, la Bulgarie et la Turquie, en particulier celles qui sont nées de la guerre, aux Puissances alliées et associées, sans qu'il soit dit de quelle manière ces créances entreront en ligne de compte. Il ressort pourtant de la nature des choses que les obligations que l'Allemagne a contractées à l'égard de ses ex-alliés ne peuvent pas être séparées des créances de l'Allemagne avec ses mêmes alliés. L'établissement d'un compte est ici nécessaire. Notre situation vis-à-vis de la Turquie, en particulier, est si compliquée que des obligations particulières ne peuvent être déterminées sans un accord concomitant des deux parties primitives au contrat.

VI

Vu la brièveté du délai accordé pour la discussion, il nous faut renoncer pour l'instant à une discussion plus complète des dispositions de détail du projet des conditions de paix. Nous nous réservons de revenir plus tard sur d'autres détails, et pour le moment, nous nous bornons aux remarques suivantes :

L'article 248, 2ᵉ alinéa, spécifie qu'avant le 1ᵉʳ mai 1921, il ne pourra être exporté aucun or sans l'autorisation de la Commission des Réparations. Bien qu'on ne puisse compter pour l'avenir immédiat que sur des rentrées d'or à la Reichsbank, il faut pourtant accorder à la Reichsbank le droit d'exportation de l'or au cas où il s'agirait de garanties qu'elle a elle-même fournies et qu'elle ne pourrait fournir par d'autres moyens.

L'article 262 prévoit que tous les payements qui devront être effectués en monnaie et qui sont exprimées en marks or devront être effectués au choix des créanciers en livres sterling payable à Londres, en dollars payables à New-York, en Francs payable à Paris, en livres payables à Rome à la parité de l'or d'après les règlements sur les monnaies en vigueur au 1ᵉʳ janvier 1914.

En retour, on fait observer que l'Allemagne ne sera en mesure de procéder méthodiquement à ses livraisons de marchandises et aux autres dispositions financières pour la restauration que si, *une fois pour toutes, les payements sont à affectuer en valeur du pays dans lequel à été commise la faute. Les réparations en Belgique et en France devraient par suite, conformément à la nature des choses, être exprimés en sommes qui seraient à payer définitivement en francs belges ou français, selon le cas.*

Dans les paragraphes qui traitent des payements qui devront être effectués par l'Allemagne, il est déclaré de façon répétée que ces payements devront être effectués en or. Mais l'encaisse-or de la Reichsbank sera prochainement réduit à l'extrême par les lourdes conditions de payement des vivres importées pendant l'armistice, de sorte qu'il sera impossible d'effectuer des payements en or effectif. Pour éviter toute erreur, il faudrait interpréter toutes les clauses de payement en mark-or ou or en ce sens que ces payements pourraient être effectués par l'Allemagne en monnaie étrangère d'après la parité des monnaies au 1ᵉʳ janvier 1914.

La Commission attire en particulier l'attention sur les grands dangers que comporte l'article 296, paragraphe 4 d, d'après lequel les débiteurs allemands d'un pays étranger seront forcés d'acquitter leurs *dettes, contractées en marks impériaux allemands, en valeur du pays ennemi intéressé, le mark impérial étant compté au cours du change valable avant le commence ment de la guerre.* On infligerait ainsi de façon absolument arbitraire un lourd dommage au débiteur allemand et à l'Empire allemand qui a donné sa garantie : car on ne voit pas sur la base de quel droit on pourrait exiger cette transformation en valeur étrangère de dettes contractées en marks. *En outre, le clearing n'atteindra son but que si on n'accorde pas un délai de six mois pendant lequel les divers États pourront déclarer leur adhésion ou leur non-adhésion.* Si l'on veut appliquer le principe du clearing, *il faut exiger l'adhésion uniforme et aussi rapide que possible* de tous les États.

VII.

Nous concluons : *Les propositions des Gouvernements alliés et associés sont positivement inexécutables dans leur forme et leur extension actuelles.* Même si on pouvait les imposer à l'Allemagne, elles décevraient de la façon la plus lourde les espérances de nos adversaires actuels. On en aurait déjà la preuve pour la première tranche de 20 milliards dont le projet des conditions de paix prévoit le versement immédiat. Car même si elles réussissaient à encaisser une notable partie de ces 20 milliards de marks, par l'enlèvement de la flotte de commerce allemande, des constructions obligatoires de navires dans les chantiers allemands, par des livraisons forcées de charbon, de matières colorantes et de produits pharmaceutiques, l'estimation de tous les biens allemands et le produit de la vente de toutes les propriétés allemandes dans les pays alliés et associés ainsi que sur les portions de territoire allemand qui seront cédées, elles n'auraient ainsi gagné que peu de chose pour satisfaire leurs demandes d'indemnités. Après déduction des frais occasionnés entre temps par l'occupation militaire, et des versements très importants exigés rien que pour le ravitaillement le plus indispensable de l'Allemagne en vivres et matières premières, il ne resterait que peu de choses — en admettant qu'il y ait un reste pour l'indemnité. Mais on ne pourrait plus compter obtenir aucun autre payement ultérieur d'une Allemagne dont on aurait de cette façon ligotté les artères vitales les plus importantes. Aucune administration allemande ne serait en état de tirer du pays des payements ultérieurs. La Puissance étrangère qui tenterait d'exploiter davantage encore le pays rendu désert serait obligée de reconnaître immédiatement que les frais de l'administration, qui ne pourrait fonctionner que grâce à une forte occupation militaire de l'Empire entier, occasionnerait aux Gouvernements alliés des pertes financières telles qu'elles dépasseraient en très peu de temps tous les versements précédemment effectués par l'Allemagne à titre d'indemnité.

Il faut chercher une autre voie, la voie de l'accord. Dans tous les pays, comme chez nous, Il y a des prédicateurs de vengeance, de haine, de militarisme et de chauvinisme. Mais dans tous les pays, il y a aussi des combattants pour le droit et l'égalité, des gens clairvoyants qui savent que le monde entier s'appauvrirait si le peuple allemand, avec sa puissance de travail, ses besoins de consommation, sa production intellectuelle, était rayé de la coopéra tion mondiale.

Ce n'est pas seulement l'Allemagne qui, aujourd'hui à un plus haut degré que jamais, a besoin de crédit pour reconstituer ses stocks épuisés, pour se procurer les quantités les plus nécessaires de vivres et de matières premières, pour consolider son énorme dette flottante, mais ce sont presque tous les États belligérants d'Europe qui doivent reprendre leur régime économique de temps de paix au milieu des conditions entièrement difficiles. C'est pourquoi la première tâche et la plus pressante est de grouper toutes les forces du monde et de donner à tous la pssibilité de coontinuer à vivre.

Ce n'est que lorsque cette tâche sera remplie que l'Allemagne sera désormais en état de faire face à la lourde obligation de réparation qu'elle a contractée, qu'elle est décidée à faire de son mieux. Mais cela suppose qu'on laisse à l'Allemagne l'intégrité territoriale, définie par le Traité d'armistice, que nous conservions des possessions coloniales, des navires de commerce, y compris des navires de fort tonnage, que nous ayons dans notre propre pays comme dans le monde la même liberté d'action que tous les autres peuples, que toutes les lois de la guerre soient immédiatement abrogées et que toutes les atteintes portées pendant la guerre à nos droits économiques, à la propriété privée, etc., soient réglées d'après le principe de la réciprocité. Ce n'est que lorsque seront remplies ces conditions préalables que nous pourrons consentir de gros sacrifices financiers et faire la proposition suivante :

Il faut reconnaître la dette à fixer ; de même que les emprunts, levés par la Belgique auprès de ses Alliés pour des buts de guerre jusqu'au 11 novembre 1918, doivent être payés par nous. Les modalités de payement devront être fixées de la façon suivante :

Il faut évaluer la dette due à la France en francs français, la dette due à la Belgique en francs belges.

L'Allemagne est prête, dans un délai de quatre semaines après l'échange de la ratification de paix, à délivrer une reconnaissance de dettes s'élevant à 20 milliards de marks or, dont l'échéance tombera au plus tard le 1er mai 1926, en des portions à fixer par les Puissances alliées et associées; de plus à établir de la même façon pour le reste du total des dommages constatés, les titres de dettes nécessaires, et à en assurer le payement annuellement à partir du 1er mai 1927, en termes sans intérêts ; avec cette clause que le total des réparations constantes ne devra dépasser en aucun cas la somme de 100 milliards de marks en or ; en y comprenant aussi bien les payements faits à la Belgique pour les sommes avancées par les Puissances alliées et associées, que les 20 milliards de marks en or déjà mentionnés.

Il faut imputer sur la première reconnaissance de dette de 20 milliards de marks en or, tous les payements que l'Allemagne a déjà faits et fera encore sur la base de l'armistice, comme matériel de chemin de fer, machines agricoles, matériel de guerre et de paix de toute nature..., et de même la valeur de tous les payements que l'Allemagne aura à faire après le Traité de paix et qu'il faut porter à son avoir sur le compte des indemnités, comme par exemple la valeur des chemins de fer et des propriétés de l'État, la prise en charge définitive des dettes publiques, les cessions de créances que l'Allemagne avait sur les Puissances qui lui étaient alliées pendant la guerre, une portion à déterminer par convention du fret procuré par la mise en commun dans le « pool » mondial de la flotte de commerce allemande; plus les payements en nature qui doivent être fixés par la voie des négociations en prenant pour base l'Annexe III à VII de la partie VIII, plus la valeur du travail et des matériaux fournis par l'Allemagne pour la reconstruction de la Belgique et de la France ainsi que les restitutions à faire à la Belgique sous forme d'emprunts particuliers éventuels, pour les sommes qui lui ont été avancées par les Puissances alliées et associées. Les limitations prévues plus haut à l'égard de la capacité de payement de l'Allemagne sont aussi applicables aux termes d'amortissement sans intérêts à payer annuellement jusqu'au montant maximum de 80 milliards de marks. Les termes ne doivent pas monter plus haut que le taux à fixer des recettes de l'Empire et de l'Etat allemand. L'Allemagne est prête, en faveur des indemnités à payer aux Puissances alliées et associées, à accepter une charge annuelle, qui atteigne à peu près le budget net total de paix de l'Empire allemand tel qu'il a été fixé jusqu'ici.

L'annuité à payer annuellement doit être fixée comme un pourcentage déterminé des recettes allemandes d'Empire, provenant des impôts directs et indirects, des bénéfices d'exploitation et des douanes ; pour ces dernières recettes le payement en or peut être prescrit. Cependant cette livraison, pendant les dix premières années, ne devra pas être plus élevée que ne le comporte à l'époque en question la valeur correspondante d'un milliard de marks en or. Deux ans avant l'expiration des dix années, la fixation d'un montant maximum devra être l'objet de nouvelles négociations. Le payement des annuités peut être assuré par une caisse de garantie, l'Empire allemand pourrait s'engager à verser à cette caisse, jusqu'à l'année 1926, une annuité prise sur le revenu des contributions indirectes, monopoles et douanes, et à maintenir dans la suite, de façon durable, le montant de cette caisse au même niveau.

Il n'y a que pour le cas où l'Allemagne serait en retard pour le payement d'une annuité que nous pourrions accepter, jusqu'à ce que cette situation soit surmontée d'un contrôle des Alliés sur le fonctionnement de cette caisse, mais rien des mesures arbitraires dont on est menacé dans le paragraphe 18, annexe 2, de l'article 244 (page 107).

Le montant des dommages sera fixé par la Commission des réparations en commun avec une Commission allemande; en cas de désaccord, par un Tribunal arbitral mixte ayant un neutre pour président. Il faut procéder de même pour l'estimation de la valeur des payements en nature et en ce qui concerne l'accord à prendre sur les sommes nécessaires au ravitaillement en vivres et en matières premières de l'Allemagne, pour autant qu'il s'agit de payements sous forme de prestations en nature, etc. Le système fiscal allemand doit comporter des charges au moins aussi lourdes que celles qui résulteront du système fiscal de l'État le plus imposé parmi ceux représentés à la Commission des Réparations.

Les territoires à céder se chargent de la dette au prorata du temps écoulé depuis la conclusion de la paix ainsi que de la part proportionnelle des dommages retombant sur eux et faisant l'objet d'une indemnité payable à l'ennemi.

Nous savons exactement quelles sont les charges financières extraordinaires dont l'Allemagne doit se charger. Si, malgré cela, on ose faire une pareille proposition, cela vient de ce que l'on est convaincu que le peuple allemand, si les adversaires renoncent aux prétentions qu'ils nous ont posées, prendra la résolution et trouvera la force de porter ces charges financières.

Mais il est alors nécessaire que l'Allemagne, dès le début, c'est-à-dire dès le début de l'ère nouvelle de la paix, soit admise dans la Ligue des Nations, au même titre que les autres. Une des tâches de la Ligue des Nations sera à notre avis, par l'union des forces de tous ses membres, de faciliter à chacun d'eux et de leur rendre meilleur marché l'apport des capitaux dont ils ont besoin pour remettre en train leur régime économique du temps de paix. Plus cette aide sera précieuse pour l'Allemagne, plus elle sera en état de faire face aux lourdes obligations acceptées par elle.

Nous savons fort bien que, même dans ce cas, nous sommes incapables de reconstituer même à beaucoup près, un commerce extérieur de l'ampleur de celui d'avant-guerre, et que notre vie économique se trouvera notablement plus restreinte. Ce que nous réclamons, c'est seulement qu'on n'exige pas de nous de végéter sans l'honneur et sans liberté. Profondément atteints par le malheur, nous voulons pourtant pouvoir vivre comme peuple laborieux et s'estimant lui-même.

Le monde, et tout particulièrement l'Allemagne, aspire à une paix rapide. Nous proposons de procurer l'occasion à la Commission financière de négocier immédiatement avec des Délégués financiers des Gouvernements alliés et associés. On n'a pas eu l'occasion jusqu'à présent de s'expliquer librement sur les clauses de la paix. Ce n'est que dans une pareille discussion, ainsi que nous l'espérons, que l'on trouvera enfin les bases nécessaires pour adoucir la détresse de tous les pays, pour l'adoucir seulement, non pour la supprimer. Il ne faut pas nous mettre au travail avec une fausse illusion. Dans les pays ennemis, il en est encore beaucoup qui croient qu'un pays comme l'Allemagne, à lui seul, pourrait réparer pour la plus grande partie les dommages de guerre d'environ trente pays. Les personnes compétentes chez eux savent aussi bien que nous que c'est impossible ; mais ce que l'Allemagne entreprend aujourd'hui de réparer, elle s'efforcera d'y faire face par le travail le plus assidu au cours de longues années, mais il faut lui laisser l'air qui est nécessaire à sa vie et l'honneur.

Versailles, mai 1919.

La Commission des Finances de la Délégation de paix allemande.

www.ingramcontent.com/pod-product-compliance
Lightning Source LLC
Chambersburg PA
CBHW060911180626
46818CB00004B/1912